예전에는 할아버지가 손자, 손녀들을 모아 놓고 화롯불에 밤을 구워 주시며 옛날이야기를 들려주셨습니다. 또한 여름밤에 집 마당에 멍석을 깔고 누워 찐 옥수수도 먹고 하늘의 별들을 헤아리면서 할머니가 해 주시는 옛날이야기를 듣다가 슬그머니 잠이 들기도 했지요.

할아버지가 주름진 얼굴을 더욱 찡그리며 "이놈, 혼내줄 테다!" 하고 도깨비방망이로 때리는 시늉을 하면, 우리 어린 것들은 기겁하면서 뒤로 넘어졌어요. 할머니가 갑자기 두 팔을 번쩍 들고 손가락을 움키면서 목소리를 바꿔 "떡 하나 주면 안 잡아먹지!" 하면, 정말로 호랑이가 할머니 옷을 입고 나타나기라도 한 듯 우리는 비명을 지르며 목을 움츠리고 눈을 꼭 감아 버렸고요.

우리 민족은 예로부터 노래하고 춤추기를 잘했다고 하는데, 이야기하기는 더욱 잘하고 즐겼다고 생각해요. 밭두렁, 논두렁, 사랑채, 행랑방 등에서 노래하고 춤추고 신나게 풍물놀이 하고, 재

미있는 이야기를 서로 전하면서 울고 웃으며 살아왔던 것이지요. 강 하나 건너고 산이나 고개 하나 넘으면 말투와 음식이 달라지듯이, 마을마다 고을마다 전해 내려오는 이야기는 제각기 다르고 참으로 많기도 했지요.

오늘날에는 컴퓨터나 스마트폰이 있어 온 세계의 이야깃거리를 만나기가 아주 편리해졌어요. 안데르센의 동화, 그림 형제의 민담, 그리스 로마 신화 등을 손쉽게 읽을 수 있고, 인공지능이 창조해 낸 이야기도 공중을 날아다니지요. 이런 다양한 이야기들은 어린이들에게 상상력과 창의력을 심어 주고, 무한한 꿈을 꿀 수 있게 도와줍니다.

지금은 우리네 할머니, 할아버지가 들려주시던 옛날이야기들이 어린이들에게 직접 전해지는 시대가 아니게 되었지요. 그럼에도 우리 옛이야기는 어린이들의 마음속에 정체성을 심어 준다고 생각해요. '나는 누구인가?'를 알게 해 주는 것이지요. 우리가 바

깥 세상에 나가서 다른 나라 사람들을 만났을 때, 우리 자신의 정체성이 마음속에 자리를 잡고 있다면 좋겠어요. 나 자신을 사랑하는 이가 다른 사람도 사랑할 수 있으니까요. 그것이 세계 속의 나와 우리일 거예요.

이제 한반도를 넘어 세계시민이 될 어린이들이 우리 이야기를 통해 '나는 누구인가?' 하는 물음에 답을 찾았으면 하는 바람에서, 우리 옛이야기를 모아 '황석영의 어린이 민담집'을 펴냅니다.

우리 어린이 독자들뿐 아니라 엄마 아빠들도 아이들의 잠자리 머리맡에서 이 이야기들을 함께 도란도란 읽어 보았으면 합니다. 그날 밤에는 어른과 아이가 같은 꿈을 꾸게 될 거예요.

황석영

차
례

효자 호랑이

옛날 어느 깊은 산골짜기에 한 남자가 늙은 홀어머니를 모시고 살았습니다. 그가 사는 곳은 논은 물론이고 밭도 만들 수 없는 바위와 나무뿐인 깊은 산속이어서, 그이는 함정을 파거나 덫을 놓아 짐승을 잡고 가죽을 벗겨 모아 두었다가 산 아래 읍내에 내다 팔면서 살아갔습니다.

남자가 주로 노리는 것은 꿩이나 산비둘기, 토끼, 너구리, 오소리, 운 좋으면 노루, 사슴, 산양, 멧돼지 등이었어요. 가끔 나무를 하기도 했지만, 짐승 잡으러 다니는 일이 더 많으니 아랫마을 사람들은 그를 사냥꾼 박 서방이라 불렀습니다.

덫을 놓아 짐승의 발자취를 살피기에는 춥고 눈 쌓인 겨울철이 여름보다 훨씬 더 좋았어요. 여름에는 숲이 우거지고 덩굴과 잡초가 무성해서 짐승이 숨을 곳이 많았거든요. 또 주위에 풀과 뿌리, 열매 등 짐승이 먹을 것이 지천이어서 먹이 찾으러 돌아다니지를 않으니 짐승 흔적을 찾기도 어려웠답니다.

그래서 여름에는 차라리 계곡의 바위와 돌 틈을 뒤져 물고기와 가재를 잡는 게 더 나았어요.

어느 한여름날 사냥꾼 박 서방은 늘 다니던 곳을 지나 더 높고 깊은 숲으로 올라가기 시작했어요. 오래전에 파 놓았던 함정에 혹시 멧돼지라도 빠지지 않았는지 살펴보기 위해서였지요.

그이는 노루, 사슴, 산양 그리고 멧돼지가 다니는 길목을 잘 알았어요. 그런 곳에 사람 키의 한 배 반쯤 깊이로 땅을 파고, 위에는 잔가지로 엮은 덮개를 씌우고, 풀과 나뭇잎을 뿌려 맨땅처럼 보이도록 함정을 만들었답니다. 그렇게 네 군데쯤 파 놓으면 큰 짐승들을 한 달에 두어 마리씩 잡곤 했지요.

사냥꾼 박 서방이 오랫동안 가지 않았던 함정을 찾아 올라가는데 어디선가 짐승의 누린내가 훅 끼쳐 왔어요.

그는 그것이 호랑이 냄새라는 걸 본
능적으로 알아차렸어요. 다른 짐승들도 도
망치는 중인지 제법 가까운 곳에서 새들이 시끄
럽게 날아오르며 우짖는 소리가 들렸습니다.

박 서방은 두리번거리다가 둥치가 굵고 탄탄하게
뻗어 올라간 상수리나무를 붙잡고 얼른 기어 올라갔
어요. 그러고는 높직하게 뻗어 나간 두 갈래의 가지
사이에 걸터앉아 아래를 살펴보았지요.

잠시 후 역시 얼룩무늬 황소보다 훨씬 더 큰 칡범
이 풀숲을 헤치고 나타났습니다. 호랑이는 나무 아래
이르러 위를 올려다보더니 붉은 입을 벌리고 한바탕
어흥 어흐흥 하고 소리를 질렀어요.

산천초목이 흔들릴 만큼 큰 나팔 소리 같은 호랑
이의 포효에 세상 만물이 숨을 죽인 듯했
습니다.

호랑이는 나무 위의 인간에게
들으라는 듯이 한바탕 울어 젖히고 나서 어
슬렁어슬렁 주위를 한 바퀴 돌아보더니 나무 아래
털썩 앉았어요. 네가 내려올 때까지 나는 이 자리를
지키고 있으련다, 하는 모양이었지요.

박 서방은 머리를 굴리다가 문득 좋은 꾀가 나서
갑자기 큰 소리를 내며 호랑이에게 말을 걸었어요.

"아이고, 형님! 우리 형님!"

호랑이가 고개를 갸우뚱했어요.

"응? 뭐라는 거냐?"

"아이고 형님, 울 어머니가 날마다 그저 맏형님 얘기만 하십니다. 나야 형님 뒤에 태어났으니 그전 일은 모르지요. 어머니가 맏아들을 낳았는데, 나쁜 스님의 요술에 걸려 호랑이의 탈을 쓰고 집을 뛰쳐나갔다며 매일 울고 계십니다. 그래서 저도 형님을 찾아 이 산속에서 헤맨 지 여러 해가 되었습죠."

듣는 호랑이는 어이가 없어서 콧방귀를 뀌면서 말했어요.

"흥, 네가 나를 형님이라고 부른다고 내가 널 잡아먹지 않고 그냥 놓아 보낼 줄 아느냐?"

"저야 아우니까 형님이 배가 고프시다면 고분고분 잡아먹혀야지요. 하오나 형님이 돌아오기만을 기다리며 매일 눈물짓는 울 어머니는

누가 보살펴 드리고 그 슬픔은 누가 달래
드립니까?"

　박 서방이 울음 섞인 목소리로 어찌나 애달
프게 말하던지, 호랑이는 그만 저도 모르게 박
서방의 이야기에 마음이 움직이고 구슬픈 생각이
들어서 물었어요.

　"그래, 어머니가 살아 계시냐?"

"네, 어머니는 제가 모시고 삽니다. 저는 물려받은 땅도 재산도 없어서 이렇게 산속을 다니며 덫이라도 놓아 작은 짐승들을 잡아서 고기 먹고 가죽 팔아 근근이 살고 있지요. 어머니는 늘 눈물 흘리며 말씀하셨어요. 산 아랫마을에 내려가면 남들처럼 푸성귀에 보리밥이라도 먹으며 살 수야 있겠지만, 호랑이가 되어 산중을 떠도는 맏형님이 언젠가 어머니를 만나러 이 집을 찾아올지도 모르니 떠날 수가 없다고요."

박 서방이 한이 맺힌 듯 이야기를 하니 호랑이도 그만 감동하여 눈물을 뚝뚝 흘리며 한탄했어요.

"아아, 얘기를 듣고 보니 나는 무슨 죄로 인간 부모님에게서 태어나 이렇게 못된 짐승이 되어 가지고, 어머니를 곁에 모시지 못하고 뵙지도 못하며 살아가야 한단 말이냐!"

 이윽고 호랑이가 나무 위의 박 서
방에게 다정하게 말했습니다.

 "아우야, 어머니가 나를 보시면 놀라실 테니, 내가
깊은 밤중이건 새벽이건 인적이 드물 때 너를 찾아가
겠다. 내가 신호를 보내면 나와 보거라. 그동안 아우
네가 홀로 어머니를 모시느라 애를 많이 썼구나. 이
제부터 내가 힘껏 도와주마."

호랑이가 그렇게 말하고 떠나가자 사냥꾼 박 서방
은 나무에서 내려왔습니다. 그는 호랑이에게 잡아먹
힐 뻔했다가 꾀를 써서 살아난 것을 다행으로 여기고
가슴을 쓸어내리며 집으로 돌아갔어요.

그 일이 있고 며칠 뒤 어느 새벽녘이었어요. 박 서
방은 들창 밖에서 쿵 하는 소리에 잠이 깼어요. 얼른
일어나 나가 보려다가 밖이 컴컴하니 어쩐지 무서운
생각이 들었어요. 그래서 그냥 날이 밝을 때까지 계

속 잠자리에 누워 뒤척이고 있었지요.

아침이 되어 문밖에 나가 보니 뒤꼍에 큰 멧돼지 한 마리가 널브러져 있지 뭐예요.

"그때 그 호랑이가 물어다 준 모양이구나!"

멧돼지라면 사냥꾼 박 서방이 몇 날 며칠 산속을 헤매며 덫이나 함정을 살피고 돌아다녀야 겨우 한 마리를 잡을까 말까 한 것인데, 호랑이가 덥석 물어다 주었으니 횡재를 만난 셈이었지요.

호랑이가 갖다 준 멧돼지는 어머니와 박 서방 두 식구가 구워 먹고 삶아 먹고 소금에 절여 놓고도 많이 남았어요. 고기를 장에 내다 팔아서 돈도 벌 정도였대요.

그 뒤로 사슴이건 산양이건 호랑이가 사나흘에 한 번씩 짐승들을 물어다 주니, 박 서방은 가죽을 벗기고 고기를 잘라서 내다 팔기 시작했어요.

그전에는 한 달에 한 번쯤 장에 나가 가죽과 고기를 팔았다면, 이제는 장날마다 나가 장사를 하니 살림살이가 차츰 나아졌습니다. 사냥을 다니지 않아도 두 식구가 먹고살기에 충분했어요.

이렇게 두어 해가 지나자 박 서방은 부자가 되었습니다. 산 아랫마을 땅을 사서 직접 농사를 짓고 남에게 빌려주기도 하면서 가을에는 추수도 하게 되었지요.

박 서방은 이제 산에서 내려가 남들처럼 농사를 지으며 마을에서 편안히 살고

싶기도 했지만, 한편으로는 호랑이와 형제를 맺었으
니 어디 다른 데로 이사를 갈 수가 없었습니다.

하루는 호랑이 형님이 산짐승을 물어다 놓고서는
박 서방에게 말했어요.

"아우야, 내가 그동안 어머니를 뵙고 싶어도 어머
니가 나의 흉측한 꼴을 보고 놀라실까 염려하여 나서
지 못했구나. 이제는 이 못난 아들이 짐승을 물어다

주며 살림을 돕는다는 걸 아시게 되었을 테니, 아우
네가 잘 말씀드려서 내가 어머니께 제대로 인사를 드
릴 수 있도록 도와줘야겠다."

"그럼요, 형님. 사흘만 기다려 주십시오."

박 서방의 어머니는 오래전에 아들이 산에 갔다가
호랑이에게 잡아먹힐 위기에서 꾀를 내어, 호랑이가
어머니의 맏아들이자 박 서방의 친형이라고 거짓말
했다는 사연을 이미 들어 알고 있었지요.

박 서방은 어머니에게 일러 두었습니다.

"호랑이가 오거든 '아이고, 우리 큰아들 어디 갔다

이제 오느냐' 하며 반기는 척해 주세요."

약속한 사흘이 지나 깊은 밤중에 호랑이가 박 서방의 집 담을 넘어 마당에 들어섰어요. 호랑이가 발로 흙을 집어 창호지 문에 뿌리자, 박 서방은 얼른 방문을 열었어요.

"형님 오셨습니까? 어머니 여기 계십니다."

　호랑이가 반가워하며 툇마루 앞으로 다가서자, 박
서방이 가로막고 나섰어요.

　"형님, 가까이 오시면 안 됩니다. 어머니가 놀라시
니 뒤로 물러나세요."

　"어이쿠, 내가 잘못했다!"

　호랑이는 냉큼 뒷걸음질 치며 멀찍이 물러나 마당
가운데서 앞다리를 접고 엎드렸습니다.

호랑이가 쉰 목소리로 말했어요.

"어머니, 인사 올립니다."

박 서방의 어머니는 뒷전에 섰다가 아들이 자꾸만 등을 떠밀어서 툇마루 앞에 나섰어요. 그러나 막상 눈앞에 엎드려 있는, 황소보다 더 큰 호랑이를 보자 늙은 어머니는 사지가 사시나무처럼 떨려서 말이 나오질 않았어요.

박 서방은 어머니의 귀에 대고 재빨리 속삭였어요.

"너무 겁내지 마세요. 우리 모자가 저 호랑이 덕분에 이제 잘살게 되었으니 수양아들 삼았다 치고 다정하게 말씀해 주세요."

아들이 재촉하니 어머니는 무서움을 참고 떨리는 목소리로 간신히 말했어요.

"아이고, 우리 큰아들 어디 갔다가 이제야 왔느냐? 나는 날마다 너를 기다리며 살았구나."

어머니의 목소리를 듣자 호랑이는 굵은 눈물방울을 뚝뚝 흘리며 어흥 하고 울음을 터뜨렸습니다.

"이 불효자식이 어머니를 편히 모시지 못하고 짐 승이 된 것이 한입니다."

그렇게 호랑이는 한바탕 울고 나서 박 서방에게 말 했어요.

"아우야, 어머니를 잘 모시려면 네가 장가를 들어 야 하지 않겠느냐?"

박 서방이 대답했어요.

"홀어머니를 모시고 사는 저 같은 노총각에게 누

가 시집을 오려고 하겠나요?"

"그건 염려 말고, 내일 저녁에 물을 한 솥 데우고 흰죽을 쑤어 놓아라."

호랑이 형님은 이렇게 말하고 슬그머니 사라졌습니다.

이튿날, 밤이 깊었는데 방문에 흙 뿌리는 소리가 들려왔어요. 박 서방이 나가 보니 호랑이가 여인 하나를 마당에 내려놓고는 뒤돌아 가는 거예요. 박 서방이 조심스레 살펴보니 여인은 꼭 죽은 것 같았습니다. 그래도 혹시나 하여 여인을 방으로 들였어요.

미리 데워 놓은 따뜻한 물로 어머니가 여인의 얼굴과 손발을 씻기고 온몸을 주물러 주니 여인이 한숨을 폭 내쉬며 살아났대요. 죽은 것이 아니라 호랑이를 만나자마자 기절했던 것이지요.

호랑이 말대로 미리 쑤어 놓은 흰죽까지 떠먹이니 여인은 기운을 차렸어요. 다시 한숨 자고 일어나 앞뒤 사정을 알게 된 그이가 박 서방에게 말했어요.

"호랑이에게 물려 온 저를 당신이 살려 냈으니 저는 이제 당신 배필이 되어 이 집에서 살겠습니다."

그리하여 박 서방은 여인을 색시로 맞아들여 함께 어머니를 보살피며 행복하게 살게 되었답니다.

그렇게 삼 년이 지난 어느 날, 아내가 남편 박 서방에게 말했어요.

"제가 집을 떠나온 지 이제 세 해가 지났는데, 부모님이 잘 살고 계신지 궁금하고 너무 뵙고 싶어요."

"그러면 진작에 말하지 그랬소. 당장이라도 찾아뵙시다."

박 서방의 말에 아내가 옷고름으로 눈물을 닦으며 말했지요.

"삼 년 전 한밤중에 뒷간에 가다가 호랑이 아주버님을 맞닥뜨려 기절하고 정신을 잃은 사이에 업혀 왔으니, 어느 길 어느 산을 지나온 건지 알 수가 있어야죠. 친정집을 찾아가려 해도 여기서 동서남북 어느 방향으로 가야 할지 모르겠어요."

박 서방은 그제야 뒤늦게 깨닫고 호랑이 형님에게 아내의 사연을 털어놓았습니다.

호랑이는 고개를 끄덕였어요.

"그래 아우야, 내가 미처 생각 못 하고 있었다. 진작에 제수씨 친정 나들이를 보내 줬어야 했는데, 벌써 시간이 많이 흘렀구나."

"그럼 형님이 우리를 안내해 주시려우?"

아우의 부탁에 호랑이가 대답했어요.

"염려 마라. 내가 말을 한 마리 물어 올 테니, 그 말의 가죽을 칼자국 없이 잘 벗겨서 내게 씌워 다오."

이튿날 약속대로 호랑이 형님이 말 한 마리를 물고 왔어요. 사냥꾼 출신 박 서방은 원래 자기가 하던 일이라 뛰어난 솜씨로 말가죽을 벗겨서는 호랑이 몸 위에 홀라당 씌워 주었대요.

말의 모습을 한 호랑이는 아우 부부에게

등에 올라타라고 했어요. 부부는 괴나리봇짐을 메고
보따리를 품에 안은 채 말이 된 호랑이 형님의 등에
올라탔어요.

　사람 걸음으로는 이틀쯤 걸릴 길을 호랑이가 달리
니 산 넘고 들판 지나 당일 낮에 색시의 집에 도착했
답니다. 때마침 외동딸이 호랑이에게 물려 가고 꼭
삼 년이 되는 날이라, 그 집에서
는 딸의 저승길을 닦아 준다
며 무당을 불러다 굿을 하
고 있었어요.

그러는 와중에 아내가 앞장서서 친정에 들어가니, 죽은 외동딸의 귀신이 대낮에 나타난 줄 알고 모두 놀라서 소리치고 숨고 달아나 한바탕 난리판이 벌어졌답니다.

여인이 부모를 향하여 외쳤지요.

"저예요, 저! 아버지 어머니의 외동딸이라고요! 호랑이가 뒷간 가던 저를 물어다가 이 사람 집에 내려 놓았는데 이 사람이 살려 주었어요. 그리하여 혼인해서 부부로 삼 년을 같이 살았답니다."

아내에게 뒤질세라 박 서방이 마당에 넙죽 엎드려 문안 인사를 올렸습니다.

"장인 장모님, 저는 영 너머 사는 박 아무개라고 합니다. 절 받으십시오."

여인의 부모는 죽은 줄만 알았던 외동딸이 살아서 돌아오니 이보다 더 기쁠 수가 없었습니다. 그사이에 부모 허락도 없이 혼인하기는 했지만, 이제는 무를 수도 없는 노릇이라 웃는 얼굴로 처음 보는 사위의 인사를 받았어요. 사위라는 자를 보니 몸집이 건장하고 사내답게 늠름하여 부모의 마음에 들었답니다.

한편 원래 마을에는 이 댁 외동딸을 좋아하던 총각이 있었어요. 총각네 집은 마을에서

제일가는 부잣집이라 딸 가진 부모 입장에서 반대할
까닭이 없었지요.

한두 해 지나면 달과 날을 받아 혼인시키리라 양가
부모가 합의하고 있던 차에, 색싯감이 그만 호환(호랑
이로 인해 생긴 사고)을 당한 것이었어요.

호랑이에게 물려 간 처녀의 혼을 달래는 굿을 하던
날, 총각은 죽은 사람의 혼이 찾아와 혹시 자기 얘기
도 하지 않을까 궁금해서 여인의 집에 왔었지요.

　그런데 자기 신부가 될 뻔한 처녀가 버젓이 살아 돌아왔고 여전히 아름다운데, 남편이라면서 웬 낯선 사내를 데리고 오니 부아가 치밀었어요.

　총각은 결혼까지 약속했던 처녀를 이렇게 어영부영 뺏기지 않으리라 결심하고 이리저리 궁리하며 밤을 지새웠습니다.

　이튿날 이른 아침에 여인의 집을 찾아온 총각은 박 서방을 만나서 다짜고짜 들이댔어요.

　"여보슈, 당신! 나하고 장기 한판 둡시다. 당신이 이기면 내가 천 냥을 내줄 테고, 내가 이기면 이 댁 따님을 내게 주고 혼자 돌아가시오."

　박 서방은 깊은 산중에 살던 촌놈이라 장기가 뭐

하는 놀음인지도 모르고 냉큼 "그럽시다." 해 버렸어
요. 하지만 속으로는 걱정이 태산이었지요.

그날 저녁, 남편이 기색이 안 좋고 뭔가 걱정하는
눈빛이기에 아내가 물었어요.

"당신 왜 그러우? 아까 저녁밥을 급히 드시더니 어
디 속이 안 좋아요?"

박 서방은 동네 총각이 내기 장기를 두자고 했는데
자기는 장기를 조금도 모른다며 아내에게 털어놓았
어요. 아내는 마음이 놓여서 기쁘게 웃으며 말했지요.

"그까짓 거 염려 마세요. 우리 아버지가 젊어서부터 장기 고수였어요. 나는 어렸을 적에 아버지에게서 장기의 수를 다 배우고, 자라서는 혼자 터득하여 아버지에게 훈수를 둘 정도랍니다. 장기에서 교묘한 수가 한 오십여 가지 되는데, 내가 당신에게 가르쳐 드리겠어요."

아내는 집 안의 장기판을 꺼내다가 남편에게 장기를 가르치기 시작했어요. 그야말로 오십여 가지의 기묘한 수를 모두 알려 주었으니, 대개가 외통수였어요. 즉 상대방을 "장이야!" 한마디로 꼼짝없이 지게 만드는 술수들이었지요.

박 서방은 영리한 사람이라 대번에 장기 말의

길과 이치를 깨달았고, 아내의 도움으로 세 수, 네 수를 앞서가는 묘수들을 배우니 하룻밤 만에 장기 명인이 되었습니다.

이튿날 총각이 몸소 자기 집 장기판을 들고 와서 한판 두자고 재촉했습니다. 삼판양승, 즉 세 판을 두어서 두 판 이기면 완전히 이기는 것이 씨름판의 승패 가르는 것과 같았어요.

박 서방이 총각과 장기를 두어 보니, 총각의 실력은 동네 막걸리 내기에서는 이길 만했으나 다른 지역에 나가 고수를 만나면 어림도 없는 솜씨였지요.

박 서방이 몇 개의 말을 내주며 져 주는 척하다가 단번에 궁을 포위하여 "장이야!" 하고 내지르니, 총각은 외통수로 싱겁게 져 버리고 말았습니다. 그렇게 내리 두 판을 지고 나니 총각은 더 이상 할 말이 없게 되었지요.

박 서방이 손 털고 일어나며 중얼거렸어요.

"자아, 그러면 우리가 길 떠나기 전에 천 냥을 보내 주시오."

"잠깐 잠깐만, 한 판만 더 두어 봅시다. 내가 이번 판을 이기면 비기는 걸로 하고, 지면 이천 냥, 아니 삼천 냥을 드리겠소."

총각의 말에 박 서방은 빙긋이 웃으며 다시 자리에 앉았습니다.

"내가 두 번이나 이겼는데 이번 한 판을 당신이 이기면 비기는 것으로 하자고? 이치에는 맞지 않으나 당신이 삼천 냥이나 걸었으니, 마지막으로 한 판 더 두어 드리지요."

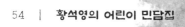

박 서방은 앉자마자 서너 수 만에 외통수를 만들어 장을 불렀고 총각이 또 지고 말았습니다. 총각은 씩씩거리며 하인을 시켜 삼천 냥을 나귀에 실어 그 집 마당에 부려놓고는 다시 박 서방에게 말했습니다.

"나하고 당신하고 말을 타고 저기 강을 건너갔다가 먼저 되돌아 건너오는 내기를 합시다.

당신이 이기면 우리 집안 재산의 절반을 줄 테고, 내가 이기면 당신이 색시를 내게 주고 혼자 떠나시오.”

박 서방이 이번에는 바로 응하지 않고 마구간으로 호랑이 형님을 찾아갔어요.

“형님, 저 총각 놈이 자꾸 말로 경주를 하자는데 어찌합니까?”

“내가 명색이 호랑이인데 말한테 지겠느냐? 염려 말고 응해라. 한데 내가 배가 고파서 기운이 없구나.”

호랑이의 말에 박 서방이 말했어요.

“아까 돈냥을 싣고 온 나귀가 있으니 그거라도 잡아 잡수시우.”

호랑이는 아우의 말에 나귀를 홀라당 잡아먹었습니다. 아우는 호랑이 형님을 믿고 돌아가서 총각에게 내기를 하겠노라 했지요.

이튿날 날이 밝자마자 총각이 천리를 간다는 준마를 타고 박 서방네 처가 앞에 와서 기세당당하게 외쳤습니다.

"어서 말 타고 나오시오. 결판을 냅시다!"

속에는 사나운 호랑이였지만 겉으로는 가죽이 마

르고 찢어져서 곧 쓰러질 듯한 늙은 말로 보이는 가
짜 말을 끌고 박 서방이 나오자, 사람들은 모두 수군
거렸어요.

"보아하니 다 늙은 말인데 어찌 저 준마를 이길 수
있겠나?"

"천리마를 상대하기는커녕 십 리도 못 가서 쓰러
지게 생겼는데."

심판을 보기로 한 동네 사람이 깃발을 들고 기다렸
다가 아래로 휙 내리자, 총각의 준마가 먼저 달려 나
갔습니다.

　박 서방은

말가죽을 뒤

집어쓴 호랑이의 등에

천천히 올라앉았어요. 원래 험

준한 산을 타는 호랑이를 '비호'라고

하는데, 날아가는 호랑이라는 뜻입니다. 비호

호랑이 형님은 말가죽을 쓰고도 바람처럼 앞질러 가

더니 강을 몇 걸음에 날아가듯 뛰어 건넜어요.

　총각의 말은 강변에 이르러 주춤거리다가 네 발을

허우적거리며 이제 겨우 강을 헤엄쳐 건너고 있는데,

박 서방네 호랑이 형님은 다시 휘익
날아서 강을 되돌아 건너왔어요. 이번
경주도 박 서방이 이겼습니다.

마지막 내기까지 진 총각은 어쩔 수 없이 집안 땅 문서의 절반을 내주었는데, 박 서방은 그 재산을 고스란히 처가에 주고는 돈 삼천 냥만 호랑이 형님 등에 싣고 고향으로 돌아갔어요. 박 서방은 호랑이 형님 덕분에 재산이 불어나 큰 부자가 되었답니다.

그렇게 가족이 잘 살다가 늙은 어머니가 돌아가시자 호랑이 형님은 마누라와 자식 호랑이들, 손주 호랑이들까지 모두 데리고 상갓집에 찾아왔어요.

짐승이기는 하나 그동안 어머니의 맏아들이자 친

형님으로 대접했던 터라, 박 서방은 생각 끝에 돌아
가신 분의 가족임을 뜻하는 베 헝겊 조각을 호랑이들
의 꽁지에 달아 주었지요. 그 뒤부터 모든 호랑이는
꽁지에 흰 털이 나게 되었대요.

　동네 사람들은 아무것도
모르고 상가에 왔다가 사방
에 호랑이들이 어슬렁거리
고 있으니 무서워서 숨도 못

쉬고 있다가 달아나 버렸답니다.

나중에 박 서방은 이렇게 소문을 냈대요. 호랑이한테 물려 갔던 형님이 호랑이로 다시 태어났는데 어머니에 대한 효성이 극진했다고요.

얼마 후 호랑이 형님이 산에서 내려와 말했습니다.

"내가 생전에 어머니를 모시지 못하고 효도를 못했으니 시묘를 살아야겠다."

시묘란 삼 년 동안 부모의 묘를 지키며 돌보는 일입니다. 호랑이 형님은 사냥도 끊고 어머니 묘 옆에서 꼬박 삼 년을 보내더니 굶어 죽고 말았어요.

이 사연은 박 서방네 마을은 물론 전국에 널리 알려져 나랏일을 보는 사람들의 귀에도 들어갔어요.

그래서 나라에서는 고을 원님을 시켜 호랑이 형님을 어머니 묘 옆에 묻어 주고 효자비를 세워 주라고 명령했대요.

박 서방은 처음에 자기가 살려고 거짓말로 호랑이
를 속여 의형제를 맺었으나, 호랑이 형님이야말로 자
기보다 더 어머니를 위했던 진정한 효자라고 생각했
어요. 그래서 박 서방 역시 어머니 곁에 묻힌 호랑이
형님의 묘지를 정성껏 지켜 주었답니다.

황석영의 어린이 민담집

25 · 효자 호랑이

© 황석영 2025

1판 1쇄 인쇄 2025년 2월 17일 | **1판 1쇄 발행** 2025년 3월 5일

글 황석영 | 그림 최명미
펴낸이 황상욱

편집 이은현 박성미 | **디자인** 박지수 | **경영지원** 황지욱 | **마케팅** 윤해승 장동철 윤두열
제작처 더블비(인쇄) 신안제책사(제본)

펴낸곳 ㈜휴먼큐브 | **출판등록** 2015년 7월 24일 제406-2015-000096호
주소 03997 서울특별시 마포구 월드컵로 14길 61 2층
문의전화 02-2039-9462(편집) 02-2039-9463(마케팅) 02-2039-9460(팩스)
전자우편 yun@humancube.kr

ISBN 979-11-6538-442-5 73810

어린이제품 안전특별법에 의한 기타표시사항
제품명 도서 | **제조자명** ㈜휴먼큐브 | **제조국명** 대한민국 | **전화번호** (02)2039-9462
주소 03997 서울특별시 마포구 월드컵로 14길 61 2층 | **제조년월** 2025년 3월 5일 | **사용연령** 3세 이상

우리 시대 최고의 이야기꾼
황석영 작가가 새롭게 쓴
진짜 우리 이야기!

황석영의 어린이 민담집
시리즈

황석영의 어린이 민담집

도서 목록

『황석영의 어린이 민담집』은 계속 출간됩니다.